VENTE

Du Vendredi 19 Février 1904

HOTEL DROUOT, SALLE N° 6

à deux heures précises

TABLEAU DE L'ÉCOLE DE RUBENS

DÉPENDANT DE LA SUCCESSION DE M. C***

ET

Tableaux Anciens et Modernes

DESSINS ET AQUARELLES

APPARTENANT A DIVERS

COMMISSAIRE-PRISEUR

Mᵉ LÉON TUAL

56, rue de la Victoire, 56

EXPERTS

MM. PAULME et B. LASQUIN FILS

10, rue Chauchat   12, rue Laffitte

CATALOGUE

D'UN

Tableau de l'École de RUBENS

DÉPENDANT DE LA SUCCESSION DE M. C***

ET DE

TABLEAUX ANCIENS ET MODERNES

AQUARELLES, GOUACHES, DESSINS, GRAVURES

APPARTENANT A DIVERS

Par ou attribués à :

BAIRS, BOUCHER, CALLET, COTTO, DENNER, FYT, GENTILESCHI, GOYA, HOFER, KESSEL, KRANACH, LARGILLIÈRE, THOMAS LAWRENCE, LEFÈVRE, LEMOINE, LESUEUR, MAAS, MIGNARD, G. NETSCHER, PILLEMENT, RAVENSTEIN, REGEMORTER, SAUVAGE, SPOEDE, STRIE, TIEPOLO, VALLIN, J. VERNET, WYNANTS.

BOUDIN, CABANEL, CALS, CARRIER-BELLEUSE, CHARLET, COURBET, DECAMPS, DELACROIX, DEVERIA, DIAZ, FORTIN, JONKING, E. LAMI, MASSÉ RIVEY, TH. ROUSSEAU, P. VERNON, VETER, D. VIERGE, VOLLON.

LOT DE CADRES

Dont la vente aura lieu

HOTEL DROUOT, SALLE N° 6

Le Vendredi 19 Février 1904

à deux heures précises

COMMISSAIRE-PRISEUR	EXPERTS
Mᵉ LEON TUAL	**MM. PAULME & B. LASQUIN FILS**
56, rue de la Victoire	10, rue Chauchat — 12, rue Laffitte

Chez lesquels se trouve le présent Catalogue

EXPOSITION PUBLIQUE

Le Jeudi 18 Février 1904, Salle n° 6, de 1 heure 1/2 à 5 heures 1/2

CONDITIONS DE LA VENTE

Elle sera faite au comptant.

Les acquéreurs payeront *dix pour cent* en sus des prix d'adjudication.

L'exposition mettant le public à même de se rendre compte de l'état et de la nature des objets, aucune réclamation ne sera admise, une fois l'adjudication prononcée.

Paris. — Imp. de l'Art, E. Moreau et Cie, 41, rue de la Victoire.

TABLEAU

Dépendant de la Succession de M. C***

ÉCOLE DE P.-P. RUBENS

1 — *Thomyris faisant plonger la tête de Cyrus dans un bassin plein de sang humain.*

Thomyris, reine des Massagètes, marcha contre Cyrus qui avait envahi ses États, tailla son armée en pièces, le fit prisonnier lui-même et le mit à mort pour venger son fils que ce prince avait fait périr. Hérodote raconte qu'elle lui fit couper la tête et la plongea dans un vase rempli de sang, en s'écriant : « Rassasie-toi de ce sang dont tu fus si altéré. » Tel est le sujet représenté par le peintre.

Importante composition offrant de notables variantes, avec le tableau du Maître d'Anvers, gravé par Pontius, avec la légende latine : « Satia te sanguine semper quam sitisti », principalement dans l'architecture du fond qui est plus développée. Le groupe de gauche, la reine et ses suivantes, au lieu d'être comme ici de plein-pied avec le groupe de droite, est surélevé de deux marches. Sommes-nous devant une étude ou une répétition, avec variantes, faite dans son atelier par le maître ou l'un de ses élèves ? Les figures sont, pour la plupart, bien traitées ; les étoffes et les accessoires largement peints ; l'harmonie générale d'une chaude coloration.

Toile. Haut., 1 m. 55 cent. ; larg., 2 m. 40 cent.

TABLEAUX, AQUARELLES
DESSINS
APPARTENANT A DIVERS

TABLEAUX ANCIENS

BAIRS

2 — *Bouquet de fleurs dans un vase en faïence de Delft.*

Panneau.

Haut., 95 cent.; larg., 60 cent.

BOUCHER (Attribué à FRANÇOIS)

3 — *Jeune Femme nue.*

Important dessin aux trois crayons.
Signé.

CALLET (Attribué à FRANÇOIS)

4 — *Projet de plafond.*

Toile. Haut., 45 cent.; larg., 35 cent.

COTO (PEDRO)

5 — *La Chasse au Cerf.*

Grande toile décorative.
Signée et datée 1695.

Haut., 1 m. 48 cent.; larg., 2 m. 15 cent.

DENNER (Attribué à)
(DEUX PENDANTS)

6 — *Portraits d'Homme et de Femme.*
Cadre Louis XVI, en bois sculpté.

FYT

7 — *Concert d'Oiseaux.*
Toile. Haut., 85 cent.; larg., 1 m. 15 cent.

GENTILESCHI

8 — *Mlle Putiphar et Joseph.*
Toile. Haut., 1 m. 25 cent.; larg., 1 m. 05 cent.

GOYA

9 — *Une Procession.*
Toile. Haut., 40 cent.; larg., 58 cent.

HOFER

10 — *Portrait d'une Jeune Femme brune drapée d'un châle.*
Toile ovale.
Signée.

KESSEL (Attribué à Van)

11 — *Etude de Poules, Poussins, Dindon et Paon.*
Cadre Louis XVI, en bois sculpté et doré.

KRAUSCH (Attribué à MULLER)

12 — *Vieillard offrant une médaille à une Jeune Femme.*

Panneau.

LARGILLIÈRE (Attribué à)

13 — *Portrait d'Homme à perruque en costume rouge à rabat.*

Cadre ancien, bois sculpté.

Toile ovale. Haut., 64 cent.; larg., 53 cent.

LARGILLIÈRE (École de)

14 — *Portrait de Femme décolletée.*

Drapée dans un manteau bleu, doublé d'hermine. Cadre ancien en bois sculpté.

Toile. Haut., 78 cent.; larg., 64 cent.

LARGILLIÈRE (Genre de)

15 — *Petit Portrait de Femme.*

Elle est vêtue d'un riche corsage et d'un manteau de velours rouge, doublé d'hermine.

Toile. Haut., 40 cent.; larg., 33 cent.

LARGILLIÈRE (Genre de NICOLAS DE)

16 — *Petit Portrait de Femme.*

En costume bleu, avec broderies et dentelles.

Toile. Haut., 60 cent.; larg., 32 cent.

LAWRENCE (Thomas)

17 — *Lady Pill.*

Charmant portrait sur carton ovale.

Haut., 58 cent.; larg., 48 cent.

LEFÈVRE (Attribué à)

18 — *Portrait d'Homme.*

Toile ovale. Haut., 70 cent.; larg., 56 cent.

LEMOINE

19 — *Jeune Femme blonde tenant une couronne de fleurs.*

Toile. Haut., 60 cent.; larg., 44 cent.

LENS (J.)

19 bis — *Le Passage du Gué* et *l'Abreuvoir.*

Deux pendants, signés et datés 1827.
Panneau.

LESUEUR (École de)

20 — *Histoire de Tobie.*

Grande grisaille.

MAAS (Attribué à Nicolas)

21 — *Petit Portrait de Femme.*

Grandeur demi-corps en costume rouge brodé; elle tient d'une main une coupe, de l'autre une perle.

Cadre Louis XIII, bois sculpté et doré.

MIGNARD (Attribué à)

22 — *Portrait de Femme décolletée.*

Cadre Louis XVI, bois sculpté.

Toile. Haut., 64 cent.; larg., 45 cent.

NETSCHER (Attribué à)

23 — *Portrait de Femme.*

Cadre en bois sculpté.

Toile ovale. Haut., 85 cent.; larg., 66 cent.

PILLEMENT

24 — *Le Naufrage* et *le Sauvetage.*

Deux marines.

Toile. Haut., 67 cent.; larg., 90 cent.

P. F. C.

(DEUX PENDANTS)

25 — *Vases enguirlandés de fleurs.*

RAVENSTEIN

26 — *Portrait d'Homme brun.*

Il est vêtu d'un riche costume en dentelle blanche et noire.

Toile. Haut., 60 cent.; larg., 50 cent.

REGEMORTER (Pierre Van)

27 — *Les Jeunes Mariés.*

Ils sont à une fenêtre, sur le bord de laquelle une corbeille d'œufs est posée. Le mari, d'un air malicieux, montre à sa femme trois œufs cassés, desquels sortent des petits poussins. Dans le fond de la pièce, on aperçoit l'aïeule qui contemple cette scène.

Panneau.

Signé à droite.

Haut., 35 cent.; larg., 27 cent.

SAUVAGE

28 — *Amours jouant avec une lionne.*

Grisaille sur toile.

Haut., 65 cent.; larg., 70 cent.

SAUVAGE (Genre de)

29 — *Offrande à l'Amour.*

Grisaille ovale avec encadrement en bois sculpté, peint et doré, de style Louis XVI.

Haut., 55 cent.; larg., 40 cent.

SAUVAGE (Genre de)

30 — *Jeune Femme et l'Amour.*

Grisaille sur toile.

Haut., 25 cent.; larg., 12 cent.

SPOEDE

31 — *Chien poursuivant un volatile dans des roseaux.*

Signé et daté 1726.

Toile. Haut., 88 cent.; larg., 1 m. 18 cent.

STREE (Genre de J. Van)

32 — *Le Retour du troupeau.*

Toile. Haut., 25 cent.; larg., 32 cent.

S. Z.

33 — *Place d'un marché, animée de nombreux personnages.*

TIEPOLO

34 — *Sujet de plafond.*

Toile. Haut., 80 cent.; larg., 42 cent.

VALLIN (Attribué à)

35 — *Femme nue assise.*

La tête couronnée de fleurs, les jambes drapées d'une étoffe blanche; elle tient d'une main une buire, et de l'autre une coupe dans laquelle un aigle vient boire.

Toile. Haut., 1 m. 30 cent.; larg., 1 m. 12 cent.

VERNET (Joseph)

36 — *Entrée d'un port animée de pêcheurs. Effet du matin.*

VERNET (Attribué à JOSEPH)

37 — *Bord de torrent dans les montagnes avec ponts et châteaux.*

Deux paysages.

Toile. Haut., 42 cent.; larg., 60 cent.

VERNET (Attribué à J.)

38 — *Marine.*

Avec figures au premier plan, au bord de la mer.

Toile. Haut., 95 cent.; larg., 1 m. 30 cent.

VIGÉE-LEBRUN (Genre de Mme)

39 — *Portrait de Jeune Femme cueillant des roses.*

Cadre époque Louis XV, bois sculpté.

Toile. Haut., 81 cent.; larg., 65 cent.

WYNANTS

40 — *Paysage.*

Toile. Haut., 22 cent.; larg., 26 cent.

ÉCOLE ANGLAISE

41 — *Portrait d'une Comédienne dans le rôle de la Belle Gabrielle de la comédie de Henri IV.*

Cadre en bois sculpté et doré Louis XVI.

Toile. Haut., 62 cent.; larg., 50 cent.

ÉCOLE FLAMANDE (xvie siècle)

42 — *Paysage animé de personnages.*

Au premier plan, une colline avec un château en ruine ; au second plan, rivière, collines et maisons.

Panneau.

Haut., 50 cent.; larg., 65 cent.

ÉCOLE FLAMANDE (xvie siècle)

43 — *Vierge et l'Enfant Jésus.*

Fond de paysage avec château sur une colline.

Panneau.

Haut., 37 cent.; larg., 25 cent.

ÉCOLE FLAMANDE

44 — *Paysage montagneux.*

Avec torrent et pont au premier plan; dans le fond, la vue d'un village.

Panneau.

Haut., 20 cent.; larg., 28 cent.

ÉCOLE FLAMANDE

45 — *Festin.*

Toile. Haut., 1 m. 11 cent.; larg., 1 m. 47 cent.

ÉCOLE FLAMANDE

46 — *Le Jugement de Pâris.*

Panneau.

Haut., 92 cent.; larg., 1 m 25 cent.

ÉCOLE FLAMANDE

47 — *Fête champêtre.*

Toile. Haut., 68 cent.; larg., 1 m. 36 cent.

ÉCOLE FRANÇAISE

48 — *Étude de Jeune Femme, le buste nu.*

Toile.

49 — *Vénus et l'Amour.*

Toile.

50 — *Scène galante.*

51 — *La Vierge et l'Enfant Jésus.*

ÉCOLE FRANÇAISE

52 — *La Diligence; effet de clair de lune.*

Petit panneau.

53 — *Vue d'un Parc avec Palais par un clair de lune.*

Petit panneau.

ÉCOLE FRANÇAISE

54 — *Paysage animé de personnages.*

Sur cuivre.
Cadre Louis XVI en bois sculpté et doré.

55 — *Portrait de Femme tenant un médaillon.*

Petit pastel dans un cadre Louis XVI, en bois sculpté.

ÉCOLE FRANÇAISE

56 — *Paysage dans les montagnes, animé de personnages et bestiaux.*

Toile. Haut., 22 cent. ; larg., 32 cent.

ÉCOLE FRANÇAISE

57 — *Portrait d'Homme avec perruque blanche.*

Il est vêtu d'un habit noir avec jabot blanc.

Haut., 72 cent. ; larg., 60 cent.

ÉCOLE FRANÇAISE (XVIIe siècle)

58 — *Portrait de Magistrat.*

ÉCOLE FRANÇAISE (XVIIe siècle)

59 — *Portrait d'Homme.*

Large collerette, costume à crevés.

Toile ovale. Haut., 57 cent. ; larg., 45 cent.

ÉCOLE FRANÇAISE (XVIIe siècle)

60 — *Portrait de Femme.*

Cadre ancien bois sculpté.

Toile. Haut., 65 cent. ; larg., 45 cent.

ÉCOLE FRANÇAISE (XVIIe siècle)

61 — *Dévouement filial.*

Dans l'intérieur d'un cachot, une femme allaite un vieillard nu, enchaîné. Un petit enfant dort à terre.

Toile. Haut., 1 m. 15 cent. ; larg., 1 m. 50 cent.

ÉCOLE FRANÇAISE (XVIIe siècle)

62 — *Grande Vierge et Enfant Jésus.*

ÉCOLE FRANÇAISE (XVIIIe siècle)

63 — *Portrait d'Homme.*

En costume bleu et jabot de dentelle.

Haut., 46 cent.; larg., 39 cent.

ÉCOLE FRANÇAISE (XVIIIe siècle)

64 — *Sujet mythologique.*

Toile. Haut., 50 cent.; larg., 41 cent.

ÉCOLE FRANÇAISE (XVIIIe siècle)

65 — *Danseuse.*

Toile ovale. Haut., 38 cent.; larg., 32 cent.

ÉCOLE FRANÇAISE (XVIIIe siècle)

66 — *Tête de Femme et Amour endormi.*

Étude sur toile.

ÉCOLE FRANÇAISE (XVIIIe siècle)

67 — *Portrait de Femme tenant un violon.*

Toile. Haut., 75 cent.; larg., 63 cent.

ÉCOLE FRANÇAISE (XVIIIe siècle)

68 — *Portrait d'une Jeune Femme coiffée d'un bonnet.*

Toile ovale.

69 — *Jeune Femme blonde.*

Elle est vêtue d'une robe noire et d'un fichu rouge, assise dans un fauteuil.

Petit panneau.

ÉCOLE FRANÇAISE (XVIIIe siècle)

70 — *Repas champêtre.*

ÉCOLE FRANÇAISE (XVIIIe siècle)

71 — *Portrait d'Homme.*

En costume de chasseur.

Toile. Haut., 1 m. 30 cent.; larg., 97 cent.

ÉCOLE FRANÇAISE (XVIIIe siècle)

72 — *Portrait de Femme avec amour.*

Toile. Haut., 79 cent.; larg., 96 cent.

ÉCOLE FRANÇAISE (XVIIIe siècle)

73 — *Portrait de Femme en corsage rouge, coiffée d'un bonnet blanc.*

Toile ovale. Haut., 54 cent.; larg., 43 cent.

ÉCOLE FRANÇAISE (xviiie siècle)

74 — *Portrait d'Homme en habit rouge, assis à son bureau et écrivant.*

Toile. Haut., 78 cent.; larg., 64 cent.

ÉCOLE FRANÇAISE

75 — *Composition allégorique.*

Toile. Haut., 53 cent.; larg., 60 cent.

ÉCOLE FRANÇAISE

76 — *Paravent Louis XV.*

Trois feuilles peintes : sujet dans le goût de Watteau.

ÉCOLE FRANÇAISE

77 — *Portrait d'Homme.*

Époque de la Restauration.

ÉCOLE FRANÇAISE

78 — *Les Soins à Toutou.*

Panneau.

ÉCOLE FLAMANDE

79 — *Causerie galante.*

Panneau.

ÉCOLE HOLLANDAISE

80 — *Portrait de Jeune Garçon.*

En pourpoint rouge, et col de dentelle.

Panneau.

Haut., 54 cent.; larg., 38 cent.

ÉCOLE HOLLANDAISE

81 — *Portrait de Femme coiffée d'un bonnet.*

Cadre ancien, bois sculpté.

Toile. Haut., 59 cent.; larg., 45 cent.

ÉCOLE HOLLANDAISE

82 — *La Visite chez l'artiste.*

Intéressante composition animée de nombreux personnages.

Toile. Haut., 65 cent.; larg., 77 cent.

ÉCOLE HOLLANDAISE (XVIIe siècle)

83 — *Portrait de Femme à mi-corps près d'un vase de fleurs.*

Cadre ancien, bois sculpté.

Toile. Haut., 1 m. 13 cent.; larg., 85 cent.

ÉCOLE HOLLANDAISE

84 — *Patineurs.*

Toile.

ÉCOLE HOLLANDAISE

(DEUX PENDANTS)

85 — *Nature morte : Fleurs, Fruits, Gibier.*

Toile.

ÉCOLE HOLLANDAISE

86 — *La Toilette de Bébé.*

Petit panneau.

87 — *Scène de Tabagie.*

88 — *Petit Portrait de Vieille Femme.*

Deux peintures,
Sur panneau.

89 — *Scène d'intérieur.*

Sur panneau.

ÉCOLE ITALIENNE PRIMITIVE

90 — *Sainte Famille.*

La Vierge tient l'Enfant Jésus endormi, la tête sur son sein ; saint Joseph, derrière, contemple la scène.

Panneau.

Haut., 43 cent.; larg., 31 cent.

ÉCOLE ITALIENNE PRIMITIVE

91 — *Tête de Christ.*

Vu de face, la tête couronnée d'épines, les mains jointes.

Panneau.

Haut., 39 cent.; larg., 26 cent.

ÉCOLE ITALIENNE (XVIIe siècle)

92 — *Portrait de Femme en riche costume décolleté.*

Cadre ancien, bois sculpté.

Toile. Haut., 77 cent.; larg., 61 cent.

ÉCOLE ITALIENNE (XVIIe siècle)

93 — *Le Retour du troupeau.*

Cadre ancien en bois sculpté.

Toile. Haut., 1 mètre; larg., 56 cent.

ÉCOLE ITALIENNE

94 — *Sainte en prière.*

Toile.

ÉCOLE ITALIENNE

95 — *Portrait de Vieillard.*

Toile. Haut., 50 cent.; larg., 40 cent.

ÉCOLE ITALIENNE

96 — *Composition allégorique sur les Arts et les Sciences.*

Toile. Haut., 1 m. 80 cent.; larg., 1 m. 30 cent.

ÉCOLE ITALIENNE

97 — *Le Char de Neptune.*

Toile. Haut., 93 cent.; larg., 1 m. 27 cent.

ÉCOLE ITALIENNE

98 — *Sujet allégorique.*

Toile. Haut., 1 m. 27 cent.; larg., 1 m. 76 cent.

ÉCOLE ITALIENNE (XVIIIe siècle)

99 — *Moïse frappant le rocher.*

Toile. Haut., 39 cent.; larg., 52 cent.

ÉCOLE ITALIENNE

100 — *Vierge et Enfant Jésus.*

Panneau.

101 — *Tête de Christ.*

Petit panneau.

TABLEAUX MODERNES

AQUARELLES, GOUACHES
DESSINS, GRAVURES

BELLANGER

102 — *Le Porte-Fanion.*
Aquarelle.

BOUDIN (E.)

103 — *Effet de soleil couchant.*
Marine.
Toile. Haut., 40 cent.; larg., 62 cent

BRABANT (Marguerite)

104 — *Effet de lune.*
Gouache.

CABANEL (Genre de)

105 — *Vénus sur les eaux.*

CALS

106 — *Fruits et accessoires.*

Toile. Haut., 32 cent.; larg., 40 cent.

CARRIER-BELLEUSE (P.)

107 — *Danseuse.* .

Pastel.

CHARLET

108 — *L'Invalide de Fontenoy.*

Panneau signé.

Haut., 41 cent.; larg., 33 cent.

COURBET (Gustave)

109 — *Remise de chevreuil.*

Toile signée à droite.

Haut., 60 cent.; larg., 90 cent.

DECAMP (Genre de)

110 — *Boucherie turque.*

DELACROIX (Eugène)

111 — *Tigre couché sur le flanc gauche.*

Dessin à la plume sur papier blanc.

Haut., 9 cent.; larg., 17 cent. 1/2.

(Nº 402, *Vente du comte A. Doria.*)

DELACROIX (Attribué à Eug.)

112 — *Cavalier arabe dans un paysage.*

Petite étude.

DEVÉRIA (E.)

113 — *La Leçon de Mandoline.*

Toile. Haut., 36 cent.; larg., 27 cent.

DIAZ (Attribué à N.)

114 — *Mare dans une forêt et roches.*

Sur une d'elles une femme est assise.
Panneau signé.

Haut., 38 cent.; larg., 54 cent.

FERRY (Georges)

115 — *Nature morte : Poissons.*

Toile.
Signée et datée 1878.

FORTIN

116 — *Intérieur Breton.*

Toile.

GÉRICAULT

117 — *Tête de Jeune Homme.*

Toile. Haut, 46 cent.; larg., 38 cent.

JONKING

118 — *Moulins au bord d'un canal en Hollande.*

Pastel.
Signé à droite en bas.

Haut., 16 cent.; larg., 30 cent

(*N° 1952, Vente Rosa Bonheur.*)

LAMI (Eugène)

119 — Esquisse pour une décoration de salon.

MASSÉ

120 — *Vue d'Orient.*

Aquarelle.

MASSÉ

121 — *Lapidation d'un Saint.*

Esquisse.
Toile.

PERROT

122 — *Vue de Naples.*

Aquarelle.

P. ***

123 — *Fleurs.*

Aquarelle.

RIVEY

124 — Dessins pour Saint-Sébastien.
Salon de 1876.

RIVEY

125 — *Portrait du Peintre, par lui-même.*

ROUSSEAU (Th.)

126 — *La Passerelle.*
A droite en bas, le timbre de la vente.
Dessin à la plume, sur papier blanc vergé.
Haut., 12 cent.; larg., 17 cent.
(*N° 539 de la Vente du comte A. Doria.*)

ROSA BONHEUR (D'après)

127 — *Marché aux chevaux.*
Toile Haut., 38 cent.; larg., 77 cent.

ROYBET (F.)

128 — *Charles le Téméraire.*
Esquisse sur panneau. Signé.
Haut., 47 cent.; larg , 37 cent.

ULYSSE

129 — *Scène d'une pièce de Molière.*
Panneau signé, daté 1861.

VERNON (Paul)

(DEUX PENDANTS)

130 — *Berger pêchant auprès d'une mare, avec son troupeau.*

131 — *Vaches s'abreuvant à une mare.*

Panneau.

Haut., 27 cent.; larg., 35 cent.

VERNON (Paul)

132 — *Algériennes au bord d'un ruisseau.*

Panneau.

Haut., 24 cent.; larg., 19 cent.

VETTER

133 — *Un Mousquetaire.*

Aquarelle.

VIERGE (Daniel)

134 — *Attaque des Anglais embarrassés par des fils de fer.* (Guerre des Boërs.)

Plume et aquarelle. Signé.

VOLLON

135 — *Paysage après l'orage.*

Toile signée à gauche.

Haut., 72 cent.; larg., 1 m. 05 cent.

VIETTE

136 — *Glace, avec peinture.*

ÉCOLE MODERNE

137 — *Paysage.*

Toile.

ÉCOLE MODERNE

138 — *Combat de Cavaliers.*

X...

139 — *Portrait de Femme décolletée, en costume de 1840.*

X...

140 — *Quatre compositions allégoriques, sur la Danse et la Musique.*

Toiles.

X...

141 — *Vue d'Orient.*

Aquarelle.

X...

142 — *La Pompadour.*

Dessin à la plume.

X. .

143 — *Paysage.*

Peinture sur porcelaine.

X...

144 — *Quatre peintures, sujets allégoriques.*

Panneaux ovales.

145 — Pastel d'après FRANÇAIS.

Salon de 1854, acheté par l'État.

FRAIPONT

146 — *La Déclaration.*

Eau-forte, d'après VINCA.

147 — Quatre gravures, chevaux de course :

Teddington.

Kettledrun.

Gladiateur.

Maccaroni.

148 — Six gravures, d'après Albert DURER.

149 — Une affiche encadrée de l'*Olympia.*

150 — *Pharaon et les porteurs de mauvaises nouvelles.*

Photograpie d'après le tableau de LECOMTE DU NOUY.

151 — Deux cadres en bois sculpté et doré. Style Louis XVI.

152 — Cadre doré, de forme ovale, en pâte.

153 — Cadre noir (en morceau).

154 — Galerie de table en cuivre.

155 — Lot de cadres.

www.ingramcontent.com/pod-product-compliance
Ingram Content Group UK Ltd.
Pitfield, Milton Keynes, MK11 3LW, UK
UKHW020521180726
13839UKWH00005B/2223